NOTICE

SUR

L'ABBAYE DE SAINT-AMAND,

A ROUEN.

NOTICE

SUR

l'Abbaye de Saint-Amand,

A ROUEN;

PAR

E.-H. LANGLOIS,

du Pont-de-l'Arche.

ROUEN.

IMPRIMÉ CHEZ NICÉTAS PERIAUX,

RUE DE LA VICOMTÉ, 55.

1834.

Cour de l'Abbaye de St. Amand.

DAVID

H. BREVIÈRE. AMIENS SCULP.

NOTICE

SUR

l'Abbaye de Saint-Amand,

A ROUEN.

'était une illustre et splendide abbaye
bénédictine que celle de Saint-Amand,
avec ses curieux amas d'édifices, si contrastés
de caractère et de formes, offrant le cachet de
tant d'époques diverses, et tout chargés des blasons des nobles abbesses sous le gouvernement
desquelles ces constructions s'étaient successivement élevées.

Suivant une antique tradition, un temple de Vénus occupait jadis le même sol; et dom Pommeraye, qui paraît hésiter à partager cette croyance, rapporte **que**, dans le couvent, on était persuadé **que** « pour chasser la mauvaise « odeur dé ce culte infâme, et faire régner « la uertu où l'on auoit érigé des autels au « uice, on s'étoit aduisé d'y establir une maison « et une sainte *Académie de chasteté.* »

Quoi qu'il en soit, les versions sur l'origine et l'antiquité de Saint-Amand sont fort dissidentes; on disait, dans cette maison, que sa fondation remontait jusqu'à Clovis II; que saint Amand, évêque d'Utrecht, avait lui-même porté ce prince à cette pieuse entreprise; et, parmi les preuves de cette assertion, on montrait dans le monastère l'autel sur lequel le saint prélat célébrait la messe pendant son séjour à Rouen. C'était devant cet autel même que se pratiquaient les exorcismes pour la guérison des démoniaques. Ce qu'il y a de plus certain dans tout cela, c'est qu'on ignore le nom du véritable fondateur; qu'il est impossible d'assurer si cette abbaye fut, dans ses premiers temps, occupée par des moines de Saint-Benoît ou par des religieuses du même ordre ; il paraît seulement avéré qu'à l'époque de Goscelin, vicomte d'Arques, dont nous allons parler tout à l'heure, déjà ce monastère, que ce seigneur passa depuis pour avoir fondé, était habité par des femmes, « *monialibus ibidem deservientibus.* »

Ce fut l'an 1030, du temps de notre duc Robert-le-Magnifique, et d'après une concession de ce prince, que Goscelin d'Arques et Emmeline sa femme fondèrent ou rétablirent seulement, — car nous venons de voir que cette dernière opinion est la moins récusable, — le monastère de Saint-Amand. Emma, princesse du sang de Rollon, en fut la première abbesse, et cette haute et puissante dame vit bientôt soumises à son gouvernement une foule d'héritières des plus illustres familles de la Normandie. Les dotations de ces nobles épouses du Seigneur enrichirent promptement le monastère, qui compta, depuis, parmi ses

plus augustes bienfaiteurs le vainqueur d'Has-
tings et la reine Mathilde son épouse.

Nous noterons, en passant, que la piété
de Goscelin d'Arques et d'Emmeline ne se
borna pas à la restauration de ce monastère.
Le mont Sainte-Catherine-lès-Rouen voyait en
même temps s'élever sur sa cime une pompeuse basilique, autour de laquelle se groupaient
de vastes bâtimens. C'était l'abbaye de la
Sainte-Trinité, détruite sous Henri IV, avec la
forteresse élevée sur le même sol, double
démolition réclamée par les Rouennais mêmes,
qui connaissaient les inconvéniens des forts
détachés. Quant à cette dernière abbaye, Goscelin et Emmeline en furent véritablement les
fondateurs. Ce seigneur y mourut sous l'habit
bénédictin, et son épouse prit le voile dans
Saint-Amand, qui fut sa dernière retraite.

L'histoire de l'abbaye de Saint-Amand pré-
sente peu d'événemens capables d'inspirer un
vif intérêt ; elle ne se compose guère que de
faits particuliers relatifs à la règle et à l'administration ordinaire des affaires temporelles

de cette maison. Cependant, un privilége mira-
culeux fut long-temps attaché à ce monastère :
c'était la guérison des possédés ; et les récits
qui nous sont parvenus à cet égard s'élèvent
dans la haute région des prodiges, jusqu'à la
résurrection d'une femme morte. Une lettre
de Marsile, deuxième abbesse, à Bovon, abbé
d'un monastère du diocèse de Tournay, nous
a transmis le souvenir de cette histoire, dont
nous ne rapporterons que la substance.

Dans le cours de l'an 1107, une illustre
dame de l'évêché de Lisieux, après avoir
d'abord senti son imagination troublée de sug-
gestions diaboliques, se trouva dominée par
la fureur du suicide, au point, qu'épiant tous
les moyens de consommer son funeste dessein,
on ne trouva d'autre remède que de l'amener
au monastère de Saint-Amand, dont le glorieux
patron passait pour exercer un empire absolu
sur les esprits des ténèbres. Cette malheureuse
dame étant arrivée, les personnes chargées,
dans l'abbaye, de recevoir les malades, ordon-
nèrent que, suivant l'usage de l'église de Saint-

Amand, « on béniroit de l'eau dont on auroit
« rempli un grand vaisseau, où elle seroit mise
« le lendemain, avec les prières et les exorcismes
« accoustumés en de pareilles circonstances. » Il
en fut autrement, car, la nuit suivante, la pauvre
femme, *vaincue de la tentation de l'ennemy*, se
leva sans bruit et s'étrangla avec une fureur et
une promptitude extraordinaires, pendant le
sommeil de ceux qu'on avait commis à sa garde.
Les religieuses, averties de cet événement, furent,
tout éplorées, chercher l'archidiacre, et lui de-
mandèrent ce qu'elles devaient faire dans cette
fatale circonstance. Celui-ci répondit qu'il fallait
emporter le cadavre hors de l'église avant la
venue du jour, et le jeter dans la première fosse
qui se trouverait ouverte. Au moment d'exécuter
cet ordre, on s'aperçut que ce corps, qui présentait
toutes les apparences d'une mort violente, repre-
nait insensiblement la chaleur et le mouvement.
Les religieuses et l'archidiacre ayant, dans leur
admiration, prié le saint d'achever ce qu'il avait
commencé, bientôt la ressuscitée joignit ses ac-
tions de grâce à celles des nombreux assistans qui
l'entouraient.

Les esprits forts de nos temps modernes ne verraient, à coup sûr, dans une semblable scène, que de l'hystérie et une strangulation incomplète. Pour nous, il nous semble qu'il put y avoir conviction profonde dans l'esprit des témoins les plus attentifs de cette aventure. Car beaucoup de foi, peu de savoir, tel était le partage de leur époque; celui de la nôtre, et nous en sommes si fiers, c'est la raison.... La raison! Eh! bon Dieu! vaut-elle cet instinct du bonheur qui comblait d'images consolatrices le néant de la vie, et qui voilait de l'azur céleste la noire horreur du tombeau?

Les abbesses de Saint-Amand jouissaient de quelques priviléges fort remarquables, d'une juridiction temporelle extrêmement étendue, et de nombreux bénéfices étaient à leur nomination. Mais une des prérogatives dont elles étaient le plus flattées, c'était celle de passer un anneau d'or au doigt des prélats nouvellement installés dans le siége métropolitain de Rouen. « *Je vous le baille vivant, vous me le rendrez mort,* » disait l'abbesse à l'archevêque en le décorant de cet anneau. Cet usage était considéré, dit-on, comme le symbole de l'union du pontife avec son église, mystiquement figurée par l'abbesse. Aussi, lorsqu'un archevêque mourait, l'église conventuelle de Saint-Amand était une de celles où le corps du prélat était solennellement *translaté*, avant son inhumation dans la Cathédrale.

La clôture n'était pas autrefois tellement rigoureuse dans ce monastère, que les religieuses n'en sortissent, leurs abbesses en tête, dans certaines circonstances; comme lorsqu'elles allaient, par exemple, à la mort des abbés ou prieurs de Saint-Ouen, de Sainte-Catherine ou de Saint-Lô, réciter l'office des Trépassés dans le chœur même des moines. Ces derniers, par représailles, s'acquittaient d'un semblable devoir à Saint-Amand, au décès des abbesses.

Au retour de chaque printemps, lorsque les processions des Rogations ajoutaient, par leur éclat, à celui des champs parés de fleurs nouvelles, le troupeau virginal à la robe d'ébène, à la guimpe de neige, prenait son rang dans les pompes religieuses, et, pendant les trois jours consécutifs, sa voix appelait sur la terre la bénédiction du ciel, dans trois diverses litanies consacrées à ces solennités extérieures.

Le jour du jeudi saint, les dames de Saint-Amand lavaient les autels de l'église paroissiale du même nom, qui attenait à leur monastère, et dont les abbesses avaient le patronage [1] ; puis, après la messe et les vêpres de ce même jour, par un singulier usage, *qui se ressentoit encore*, dit Farin, *de l'innocence de nos pères*, les brasseurs de la ville de Rouen étaient admis à dîner à la table des religieuses. Ils faisaient à ces dames les honneurs de ce repas, dont ils payaient les dépens. Cette coutume, qui ne fut abolie que vers l'an 1600, n'avait rien, après tout, de plus choquant qu'une foule d'autres qui tenaient aux mœurs de ces époques reculées ; et ce fut probablement contre des infractions infiniment plus graves à la modestie monastique, que Guillaume de Vienne, archevêque de Rouen, se vit obligé de sévir dans cette maison, vers 1380. Il est

[1] La fondation de cette église était néanmoins fort antérieure à celle du monastère, si cette dernière ne date, en effet, que de 1030,

vrai que les guerres civiles et les fléaux qu'elles traînent à leur suite avaient, à cette époque, introduit le relâchement le plus déplorable dans les couvens des deux sexes, aussi bien que dans la morale publique. Il serait, au reste, assez difficile de préciser les causes qui firent successivement diminuer le nombre des religieuses de ce couvent. En 1269, on en comptait cinquante de voilées et neuf à voiler; en 1317, il n'y en avait que quarante-une; en 1471, elles se réduisaient à onze. Il est certain que leur nombre, devenu bien plus considérable depuis, était encore extrêmement diminué à l'époque de la révolution.

La paix intérieure de Saint-Amand fut souvent troublée, tantôt par des procès dans lesquels figurent fréquemment de hauts et puissans adversaires; tantôt par les dissensions survenues entre les religieuses elles-mêmes. Nous citerons, sous ce dernier rapport, ce qui arriva sous l'abbesse Guillemette d'Assy, élue le 18 octobre 1517, et confirmée par les bulles du pape, le 26 janvier suivant. A la même époque, en vertu du concordat de Léon X et de François Ier, Marguerite de Gourlay, abbesse du trésor, survint nantie d'un brevet du roi qui lui conférait le gouvernement de Saint-Amand. Quelques religieuses se déclarèrent alors pour cette dernière, et l'animosité la plus violente enflamma bientôt les deux partis. Les deux abbesses se trouvaient en présence sous le même toit ; chacune avait sa faction, chacune avait ses bulles ; bref, les choses en vinrent au point que le bailli de Rouen, qui s'était déclaré pour Marguerite, introduisit, ô scandale ! des hommes de guerre dans le monastère, sous le spécieux prétexte d'en protéger les biens et les meubles, en faveur de celle qui resterait en possession de la crosse, que le grand conseil finit par adjuger à Guillemette, par son arrêt du 29 janvier 1518.

Cette Guillemette d'Assy était, au reste, une habile et *maîtresse* femme, dont l'administration fut infiniment profitable à cette maison ; cependant, l'on répandit, probablement en haine de sa victoire, une anecdote qui, si elle était vraie, attesterait que la bonne dame savait, au besoin,

mettre en action la célèbre devise : «*An virtus,
an dolus.*» En effet, on insinua qu'abusant de
l'excessive simplicité de Yolette Sochon, qui la
précédait dans sa dignité, elle l'avait, par un
stratagème nocturne semblable à celui dont
avait usé Boniface VIII envers le crédule Céles-
tin, amenée, en effrayant sa conscience, à lui
résigner la crosse.

Il était écrit dans les destinées de ce monastère qu'une autre Guillemette y allumerait
encore les brandons de la discorde. Une religieuse de vingt-sept ans, ainsi prénommée, issue
de la famille de Saint-Germain, et petite-fille,
par sa mère, de l'amiral d'Annebaut, ayant été
élue abbesse en 1544, par les jeunes sœurs, les
anciennes lui opposèrent Isabeau Le Cauchois,
qui, de son côté, prétendait à cette dignité.
Guillemette, soutenue par l'immense crédit de
ses parens, fit enlever tyranniquement sa rivale
et une autre religieuse, qui furent reléguées
dans l'abbaye de Chaise-Dieu. Puis, lorsque le
bailli de Rouen eut scellé le triomphe de cette
abbesse victorieuse, en exécutant l'ordre du roi,

qui la maintenait dans sa dignité, elle prit possession de sa crosse avec un luxe de cérémonies dont les procès-verbaux d'intronisation de ses devancières ne faisaient aucune mention. On rapporte, par exemple, qu'elle baisa l'autel, toucha un missel et sonna la cloche; qu'elle entra dans la paroisse de Saint-Amand pour y baiser aussi l'autel; qu'elle en fit autant dans la chapelle de Saint-Léonard, dépendante également de l'abbaye; enfin, qu'elle entra dans les lieux réguliers, et prit possession de l'intérieur du monastère.

Le sort de cette femme, destinée à régner un demi-siècle sur les bénédictines de Saint-Amand, formait un étrange contraste avec celui d'Isabeau Le Cauchois, son ancienne concurrente, et celui de la religieuse qui partageait l'exil de cette dernière. Revenues dans la suite à Rouen, ces deux pauvres femmes, lassées de supplier en vain pour obtenir leur rentrée dans le couvent, se réfugièrent dans une chétive maison bourgeoise de la rue des Chinchers [1]; l'abbesse Guil-

---

[1] Rue des *Chinchers*, par corruption de rue des Cinq-Cerfs. On prononçait, d'ailleurs, et les paysans prononcent encore, en Normandie, *chinq-cherfs*, sans faire sonner l'*f*. Au reste, cette rue était jadis presque entièrement habitée par les trafiquans de

*

lemette de Saint-Germain, colombe au cœur de
vautour, les y laissa mourir dans une affreuse
misère. — « *Tantæ ne animis cœlistibus iræ!!!* »

Peu de temps après, en 1562, comme pour
venger le sort de ces infortunées, les calvinistes
envahirent et pillèrent le monastère; ils en brû-
lèrent les reliques, sans épargner le corps de
sainte Amable, vierge honorée en ce lieu et incon-
nue au reste de l'univers, malgré sa prétendue
qualité de fille d'un ancien roi d'Angleterre.

Enfin, le temporel de l'abbaye fut réduit alors
en tel état, que la plupart des religieuses, pour
ne pas mourir de faim, se virent contraintes à
se retirer chez leurs parens.

En 1569, toujours sous le gouvernement de
Guillemette de Saint-Germain, un nouveau dé-
sastre fondit sur Saint-Amand. Le clocher, qui,
par son élévation et sa beauté, faisait un des
principaux ornemens de la ville, s'écroula le 7
février, à sept heures du soir, et accabla sous
ses ruines la plus grande partie de l'église. Outre

vieilles nippes, et c'est de là que les hommes et les femmes de
cette profession sont encore appelés, dans Rouen et dans les
environs, *chinchers* et *chincheres*.

ces événemens, beaucoup de faits d'une autre nature signalèrent le long abbatiat de cette Guillemette, et très principalement celui d'Anne d'Arcona, sa nièce et son élève, qui lui succéda [1].

Cependant, « Dieu ayant permis », dit le père Pommeraye relativement à l'abbatiat de cette dernière, « que les désordres des guerres et de « la religion introduisissent *le libertinage et la* « *dissolution* dans ce lieu consacré à la pureté, « et que quelques uierges folles s'oubliassent « de la fidélité qu'elles deuoient à leur diuin « époux, il y en eut qui demeurèrent inuiolable- « ment attachées à leur deuoir, et qui ne souf- « frirent iamais qu'aucun feu estranger ou pro- « phâne brulast dans leur cœur. »

Les scandales survenus sous Anne d'Arcona, scandales dont on peut attribuer la plus large part à cette abbesse, firent sentir le besoin d'introduire la réforme dans Saint-Amand. Aussi, bientôt, vit-on la pudeur et la piété rappelées et maintenues dans les murs de cette maison,

[1] L'abbatiat de la tante et celui de la nièce occupent une période de quatre-vingt-cinq ans.

grâce au zèle évangélique de trois dames
de l'illustre famille de Souvré, qui portèrent
successivement la crosse de cette abbaye. La
première, nommée Anne, mourut en 1651 ; et,
cent cinquante ans après, en 1800, la découverte
de son corps, lors de la démolition des caveaux
de l'église, fit crier au miracle un siècle d'incré-
dulité. Le cadavre d'Anne était, en effet, si par-
faitement conservé, de même que tous ses vête-
mens monastiques, que le peuple, affluant de
toutes parts, n'hésita pas à proclamer la sainteté
de l'abbesse. En peu d'instans son corps fut
spolié de l'anneau, de la croix pectorale, et
tout le reste fut disputé et tiraillé avec tant de
fureur, que la morte resta bientôt entièrement
nue, exposée aux regards de cette multitude
effrénée. On vit alors des gens, à défaut de quelques débris de ses dépouilles, baiser dévotement
ses lèvres glacées. Mais un perruquier, enché-
rissant sur cette pieuse frénésie, coupa, ne
pouvant obtenir d'autres reliques, les appendices
des oreilles de l'abbesse, et ce fanatique les
emporta sur lui. La nuit et ses ténèbres vinrent

mettre fin à cette scène scandaleuse; un senti-
ment d'horreur se répandit dans la multitude;
elle se dispersa en abandonnant le cadavre, qui,
le lendemain, devenu presque aussi noir que
l'ébène, fut restitué à la terre qui le réclamait.

N'oublions pas de dire qu'une collecte avait été
faite pour obtenir une misérable bière à celle qui,
la veille, reposait sous le marbre à l'abri d'une
épitaphe pompeuse; mais que les quêteurs ayant
eu l'infamie de tromper la charité publique en
s'appropriant les fonds qu'ils en avaient obtenus,
on put s'écrier littéralement sur la momie de la
pieuse abbesse, enfouie dans un coin du cime-
tière public : *Terra tegit et tangit terram.*

D'innombrables charlatans, exploitant, à leur
profit, l'événement que nous venons de raconter,
vendaient encore, long-temps après, des vieux
chiffons de serge et de crêpe noir, comme des reliques de sainte Anne de Souvré.

L'ancien emplacement de l'abbaye, objet de
cette Notice, est aujourd'hui devenu presque entièrement méconnaissable par la disparition de
son enceinte, par la démolition de ses deux églises

et de plusieurs autres édifices dépendant du monastère, enfin par les rues nouvelles dont ce terrain est sillonné ; mais l'enclos pittoresque et bizarre appelé la *cour de Saint-Amand,* qui formait pour ainsi dire le noyau de cet antique établissement, est encore aujourd'hui un des objets les plus curieux qui puissent fixer agréablement les regards d'un archéologue et d'un dessinateur. C'est ce dont on peut aisément se convaincre à la seule inspection de la lithographie ci-jointe, de notre habile et bon camarade Dumée.

La cour dont nous venons de parler se compose, d'abord, d'un grand bâtiment en charpente et à deux étages, dont toute la façade, sauf le rez-de-chaussée, est entièrement revêtue d'une boiserie figurant, dans ses nombreux panneaux, des *fenestrages* gothiques avec leurs meneaux couronnés par des entrelas se contournant, selon l'usage, en cœurs, en trèfles ou en *quatre feuilles.* — Cette construction, qui date de la fin du quinzième siècle, époque de l'abbaliat de Thomasse Daniel [1], n'était pas moins

[1] Elle fut élue le 29 novembre 1479.

remarquable par son intérieur, et surtout par les riches lambris de l'appartement de l'abbesse que nous venons de nommer. Ces boiseries étaient divisées par petits panneaux, où l'on aurait cru reconnaître, si leur sculpture n'eût été d'un gothique plus riche et plus fleuri, les décorations extérieures du bâtiment, mais précieusement exécutées en miniature. Cette chambre, de figure oblongue, renfermait deux cheminées dont l'une était ornée d'une menuiserie gothique, qui conservait, de son ancienne richesse, quelques traces où l'on apercevait encore les armes de la famille de Thomasse Daniel [1].

Il ne reste aujourd'hui, dans cet appartement, aucun vestige de sa curieuse boiserie, qui fut il y a cinq ou six ans vendue, pour quelques écus, à des Anglais. — On ne peut s'imaginer, pour le dire en passant, à quel point l'opinion que le vulgaire s'est forgée de la prodigalité financière des amateurs d'outre-mer, éveille la cupidité

[1] Ces armes étaient de gueule à la bande d'argent chargée de trois merlettes de sable, accompagnée de deux lions, l'un en chef, l'autre en pointe.

des propriétaires de *vieilleries* et des brocanteurs
français.—Marchandez-vous quelque objet, à ces
derniers surtout, si vous leur en offrez quelque
prix que ce soit, il est rare que, pour vous *tâter*,
ils ne vous répondent effrontément, les menteurs!
que des anglais leur en ont offert dix fois davan-
tage. Ce qu'il y a de certain, et j'en puis ré-
pondre, c'est que ces braves insulaires ont, en
général, un talent particulier pour dénicher nos
curiosités ; et, ce qui n'est pas moins positif,
c'est qu'ils ne les paient pas généralement plus
cher que nous ne les paierions nous-mêmes; mais
un écu sorti de la poche d'un anglais semble
exercer, en France, sur l'esprit de nos gobe-
mouches, une fascination que ne produirait pas
une pièce de cinq francs offerte par un régnicole.
Nous ne devons pas, en conséquence, désespérer
de voir, au premier matin, le reste des boiseries
extérieures de Saint-Amand prendre, à leur tour,
le chemin de la Grande-Bretagne. Il y a peu de
mois, l'acquisition en fut proposée par le pro-
priétaire, sous prétexte que le bâtiment devait
être détruit, à M. A. Deville, qui, soupçonnant

avec raison que cette prétendue, démolition se bornerait au démembrement de cette belle menuiserie, refusa de souscrire à ce marché.

A l'extrémité orientale de la construction en bois dont nous parlions tout à l'heure, et dans l'angle de la cour, une tourelle polygone en pierre, formant un ressaut très saillant sur sa base, offre, dans son architecture, dans les arabesques et les figurines dont elle est enrichie, tout le charme d'exécution, toute la coquetterie et la merveilleuse élégance qui caractérisent les meilleures productions de la renaissance. On distingue, dans ce luxe de sculptures, l'écusson de Marie d'Annebaut, vingt-sixième abbesse en 1530. Elle portait d'or à la croix de vair.

Un bâtiment en pierre, formant un angle d'équerre avec le bâtiment en bois et la tourelle précédente, déploie, dans sa façade, une ordonnance architecturale d'ordre ionique de bon goût et dans le style de la renaissance. On accède par un perron d'un caractère fort pittoresque dans l'intérieur modernisé des appartemens, où le style ornemental en vogue sous la jeunesse de Louis XV, malgré le luxe des arabesques dorées qui décorent maigrement les lambris, décèle l'appauvrissement de l'art à cette époque, appauvrissement vers lequel voudraient aujourd'hui nous faire rétrograder tant de gens qui, probablement, ne peuvent mieux faire.

Au premier, dans ce même corps de logis, se voit la chambre de Guillemette d'Assy ; les armes de cette abbesse du seizième siècle sont sculptées sur la cheminée [1], dont la *hotte* est revêtue d'une boiserie ornée de bas-reliefs représentant, dans des niches séparées par des pilastres, la vierge Marie, l'ange Gabriel et les saintes Marguerite et Madeleine. Les poutres, le plafond et les lambris ne sont pas moins remarquables par le bon goût de leurs sculptures [2]. La cheminée de cette chambre, dont j'ai formé le fleuron du grand titre de cette Notice, a fourni le sujet d'une des plus

[1] D'argent à la croix de sable chargée de cinq coquilles d'or, cantonnée de douze merlettes de sable.

[2] Cet appartement fut postérieurement occupé par les trois excellentes abbesses de la famille de Souvré, dont les blasons, exécutés en peinture, sont plusieurs fois répétés sur les panneaux de la boiserie. La maison de Souvré portait d'azur à six cotices d'or.

belles lithographies du Voyage pittoresque et
romantique de Nodier, due au talent de mon
habile confrère Fragonard, dont l'imagination est
si féconde dans la reproduction des scènes du
moyen-âge. Celle dont ses crayons ont animé
la chambre de Guillemette d'Assy, nous repré-
sente cette bonne dame dans un tête-à-tête fort
mondain. Nous n'y trouverions, cependant, pas
le plus petit mot à dire, si le dessinateur n'eût
travesti notre abbesse en bernardine, et si le
costume du galant cavalier, qui lui fait, Dieu
sait quelle lecture, n'appartenait pas à une
époque bien postérieure aux deux personnages.

A propos de Guillemette d'Assy, dites-moi
pourquoi j'aime *presque d'amour* cette abbesse
morte il y a deux cent cinquante ans; dites-moi
pourquoi je me délecte à me la représenter
belle comme l'a dessinée Fragonard, spirituelle
et bonne même, malgré la petite malice dont
elle fut soupçonnée envers sa devancière, comme
nous l'avons vu plus haut? Mais je me devine
moi-même, et si je l'aime tant, la chère et défunte
dame, c'est, par un entraînement d'artiste, dans

les monumens qu'elle nous a légués, et surtout dans son délicieux colombier de Boos [1]. Eh! qui n'admirerait, en effet, cette jolie tourelle polygone, avec ses échiquiers, ses mosaïques de pierre et de briques vernissées et de toutes couleurs, avec ses décorations semi-gothiques et sa ceinture de faïence, enrichie d'arabesques et de médaillons effigiés?

Mais revenons à Rouen et à l'enclos de Saint-Amand, maintenant encombré par diverses familles d'obscurs et modestes artisans. Eh bien! je le répète, cet enclos si noir, à la physionomie si hétérogène, si délabrée, mais si poétique, si pittoresque, tel qu'il est aujourd'hui, c'est encore une des perles de la noble et vénérable couronne du vieux Rouen, de ce Rouen qui s'embellit, dit-on, chaque jour, par la chute de ses antiques manoirs et par l'élévation de nos grandes boites en plâtre

[1] La paroisse de Boos, située à trois lieues de Rouen, appartenait à Saint-Amand dès les premiers temps de ce monastère. Les abbesses y avaient une maison des champs, dont Guillemette d'Assy fit construire la galerie. On lui doit également l'élégant colombier dont il est question, et sur lequel on reconnaît encore ses armes, quoique fort mutilées.

si *disciplinairement* alignées. Oh! si Dieu n'y met
la main, nous en ferons quelque chose de la bonne
cité de Rollon; mais un quelque chose qu'on
pourra — qu'on veuille nous pardonner cette idée
baroque — comparer à une belle grande fille bien
corsée, bien raide, bien gourmée, à la face bien
froide et bien pâle, aux manières bien monotones,
bien prosaïques, et partant bien ennuyeuses [1].

---

[1] Nous sommes, au reste, forcés de convenir que, notre cité
mise à part, il est bien d'autres villes auxquelles convient, dès
aujourd'hui même, notre bizarre comparaison. On en sait, en
effet, plus d'une qu'on est convenu d'appeler *belles*, et dont le
mérite le plus vanté ne consiste pourtant que dans l'éternelle
symétrie de leurs maisons bien rangées, bien nivelées, et formant
un grand tout composé de parties tellement identiques que, voir
un quartier de la ville, c'est voir la ville tout entière. Cependant,
si, pour être juste, on doit convenir que les progrès de la civili-
sation et de l'industrie, les mœurs de notre époque, l'accrois-
sement de nos besoins domestiques et commerciaux, expliquent,
en quelque manière, l'énorme différence de goût qui distingue des
nôtres les constructions de nos pères, en est-il moins vrai que
nous semblons, par une prévision toute bienveillante, vouloir
épargner aux antiquaires futurs le chagrin de gémir sur la ruine
de la plupart de nos bâtimens publics et particuliers?

DICV. ET. NRA   CONSCIENCE

SAVLAC   LIBERTE

NORTH MANNIA

E. H. L. del.   Breviere a Rome S.

www.ingramcontent.com/pod-product-compliance
Lightning Source LLC
Chambersburg PA
CBHW061619180626
46818CB00005B/2148